Der Traum ist eine Psychose, mit
allen Ungereimtheiten, Wahnbildungen,
Sinnestäuschungen einer solchen.

Sigmund Freud

HOT DREAMS
Sexträume

K. Kämmerer
(HG)

Bibliografische Information der Deutschen Nationalbibliothek:
Die Deutsche Nationalbibliothek verzeichnet diese Publi-
kation in der Deutschen Nationalbibliografie; detaillierte
bibliografische Daten sind im Internet über
http://dnb.dnb.de abrufbar.

Herstellung und Verlag: BoD – Books on Demand, Nor-
derstedt

ISBN: 978-3752885163

I

Wir träumen alle nachts, erinnern aber nur die Träume kurz vor dem Erwachen.

II

Luzides Träumen oder Klarträumen ist die Fähigkeit, seine Träume zu steuern bzw. zu kontrollieren.

Um das zu lernen, muss man sich tagsüber mehrmals fragen, ob man träumt.
Zur Kontrolle ist es hilfreich, zu versuchen duch die zugehaltene Nase zu atmen!

1

Gerd (39) – Des Königs Nymphe

Als ich mich studienhalber eine Zeit lang mit Frankreich und den Königen und Schlössern beschäftigte, begann ich nachts auch davon zu träumen. Ein Traum war besonders merkwürdig und lebendig.

Ich war der König, meine Frau aber, die mir in ihren altertümlichen raschelnden Kleidern bekannt und unbekannt zugleich vorkam, nannte mich merkwürdigerweise Gerd, so aber heißt nun mal kein französischer König.

Merkwürdig auch, dass sie mit mir schimpfte: „Du hast all die Rasenflächen haben wollen, jetzt mäh sie auch!"
Ich erinnerte mich, ich hatte mit dem Hofstaat so richtig Fußball spielen wollen und einen entsprechenden Rasen anlegen lassen.

„Aber den mäht doch der Platzwart!" protestierte ich, Rasenmähen hatte ich schon immer gehasst. Verlorene Zeit!

„Der ist im Urlaub!"

„Dann eben die Gärtner, wir haben doch genug!"

„Ich habe die Faulen entlassen und zwei sind krank, bleiben nur die sieben übrig, die Heckenschneiden und Blumen pflegen und den Gemüsegarten verwalten. Du musst schon selber ran!"

Also fand ich, der König von Frankreich, mich mitten in meinem Land auf meinem Rasen wieder und mähte mit einem unhandlichen mechanischen Mäher die riesige Fläche. Ich schwitzte und versuchte zu verstehen, warum meine Frau, die ich dafür so richtig hasste, so kratzbürstig war und warum ich ihr nachgegeben hatte. Erst hinterher wurde mir klar, dass ich meine Schwiegermutter mit ihrem ewigen Rasenmähtick auf meine Frau und Königin projiziert hatte. Und gegenüber Schwiegermutter gab es keine Widerrede. Kein Nein! Niemals!

Sie ist unglaublich beharrlich und nachtragend, so hegt sie seit 50 Jahren einen Groll, dass sie bei einer Feier mal kein Bockwürstchen abbekommen hat! Dabei sind die Betreffenden mittlerweile tot!

Na egal. Es war jedenfalls furchtbar heiß, niemand in der Nähe - ich zog mein Hemd aus, dann die Shorts und schließlich rannte ich da nackt rum und fühlte mich super und von der Sonne regelrecht verwöhnt. Als ich die hinterste Ecke erreichte, wo neben dem Spielfeld ein Springbrunnen steht, winkte mir die hübsche Nymphe aus Sandstein zu, die im Stehen mit vorgerecktem Becken kräftig in den runden Brunnen pinkelte und ihn auf diese Weise füllte.

Ich winkte zurück und sie stellte das Urinieren ein, sprang vom Podest in der Mitte auf den Beckenrand und ins Gras. Lächelnd kam sie auf mich zu, eine ganz normale junge Frau, aber wunderschön gerundet, mit kleinen Brüsten, einem lieblichen Gesicht und brünetten aufgetürmten Haaren.

Ihre Haut weiß bis rosig, keine Spur von Moos und anderen Dingen, die auf dem Sandstein gesessen hatten. Komisch, aber Statuen wurden nun mal ab und zu lebendig, das zumindest wusste ja jeder.

Sie war etwas kleiner als ich und grinste mich so von unten her an.

„Mein König, kann ich etwas für euch tun?"

„Wie heißt du, meine Schöne?"

„Lilaia!"

„Ach, die Tochter des Flussgottes Cephissus."

„Mein Herr und König weiß alles!" Sie klatschte in die zierlichen Hände. „Was kann ich für euch tun? Tanzen, singen?"

Mir war direkt neben uns ein vertrocknender Rhododendron aufgefallen. Ich zeigte drauf.

„Den könntest du gießen!"

Und tatsächlich, sie stellte sich breitbeing davor, kippte das Becken etwas und ließ einen fingerdicken Strahl klaren Wassers herabschießen. Es platschte und rauschte nur so und der delikate ungewöhnliche Anblick ließ mich steif werden. Als ein kleiner See um den Rhododendron entstanden war, wandte sie sich ab, hielt ein Hand vor den

Mund, kicherte und meinte, sie könnte doch auch noch etwas ganz anderes tun.

„Genau!" Ich warf mich lachend auf sie, riss sie um und drängte mich zwischen ihre Beine. Sie wehrte sich. „So geht das nicht, oh mein König!", rief sie.

„Was, was geht nicht?"

„Ich habe doch nur das kleine Wasserloch."

„Wie, Wasserloch?" Aber eigentlich war mir sofort klar, was sie meinte. „Zeig mal!"

Ich richtete mich auf, sie zog die Beine an, um mir ihren Intimbereich zugänglich zu machen – der praktisch nicht existierte! In der rosigen Spalte war tatsächlich nur vorne ein etwa zentimetergroßes Loch. Sonst keine kleinen Schamlippen, keine Vagina, keine Rosette. Welch Enttäuschung.

Probeweise versuchte ich den Zeigefinger in das Loch einzuführen, das ja genau genommen ihre Harnröhre war. Es war furchtbar eng und nicht so elastisch wie eine Scheide. Meinen Schwanz würde ich da nicht reinkriegen.

Sportlich, mit einem Ruck kam sie hoch, drückte mich zurück und meinte, es gebe ja auch noch andere Möglichkeiten und begann mich mit dem Mund zu verwöhnen. Über mir eine gewaltige Kastanie, aus dem linken Augenwinkel sah ich mein Schloss, ein Gefühl von Zufriedenheit und Macht durchströmte mich. König von Frankreich, der mächtigste Mann Europas, Statuen, berühmte Nymphen, steigen von ihren Podesten, um mir einen zu blasen. Was für ein Leben. Was würde gleich als nächstes kommen, was würde ich nachher machen?

Mein Glied war so prächtig steif und groß wie noch nie, und noch nie war es so elegant, so raffiniert, so zärtlich verwöhnt worden, von ihrem hübschen Mund, ihren weichen Lippen, von der geschickten Zunge. Es würde nicht lange dauern, gleich würde ich bestimmt kommen, da klingelte verdammt nochmal der Wecker!

Das ärgerte mich und dann nervte noch, dass ich so bescheuert träumte: Die Scham der Statue konnte nicht weiter geöffnet werden, da war nichts, ach ja? Aber den Mund konnte sie weit genug öffnen?

2

Claudia (31) - Pelztier

Den ungewöhnlichsten Traum hatte ich, als ich Monate zuvor für ein Musikvideo ein geiles Leopardenkostüm getragen hatte, bei dem das Gesicht frei blieb und entsprechend stundenlang geschminkt werden musste. Ich weiß noch, wie ich es hasste, hinterher abgeschminkt und in Jeans und Pulli auf die graue Straße zu treten.

Im Traum, viel später, war ich ein richtiges Pelztier. Eigentlich war ich ich selber, aber viel kleiner mit einer kompletten weichen Körperbehaarung und einem 40-Zentimeter-Schwanz.

Sinn machte das nicht, aber ich fühlte mich sozusagen wohl in meinem Pelz. Allerdings wurde ich von menschenähnlichen Riesen gefangen gehalten. Ich wurde gut behandelt, erhielt Süßigkeiten, leckeres Essen, wurde gestreichelt, nur dass das Streicheln immer sehr schnell intim wurde.

Man rollte mich auf den Rücken und spielte mit meinen unbehaarten großen Brüsten oder spreizte mir die Beine um an meine Muschi zu gelangen. Schon einer ihrer kleineren Finger in mir war so groß wie sonst ein Penis! Sie hatten keine Mühe, mich immer wieder zum Orgasmus zu kriegen.

Regelmäßig wurde ich vergewaltigt, sie setzten mich auf ihre großen Schwänze, die mich unmöglich weit aufdehnten und ich hatte immer Angst, sie würden mich zerreißen und meine inneren Organe zerfetzen. Aber sie streichelten mich beruhigend und bewegten mich behutsam auf ihren Schwänzen auf und ab, bis sie kamen.

Eines Tages meinte ein Riese, er wolle es mal von hinten probieren. Da ich Angst hatte, vorne zerrissen zu werden, würde er mich nun einfach hinten auf seinem Schwanz auffädeln. Im Traum war das ganz plausibel, also nahm er mich her und setze mich einfach auf seinen erigierten Schwanz, der etwa zehn Zentimeter Durchmesser und fünfzig Zentimeter Länge hatte.

Ich war unten rum ganz nass vor Erregung und Angst. Die burgunderfarbene Eichel glänzte feucht und drang zu Beginn fast schmerzlos in meinen After ein, der dann aber doch schier unendlich gedehnt wurde, sodass ich quietschte vor Schmerz.

Der Riese nahm mich nun bei den Händen, hielt mich mit erhobenen Armen fest und ließ mich ganz langsam tiefer auf seinen Schwanz rutschen. Ich weinte und zeterte verzweifelt herum, bis ich – wie sonst auch – merkte, dass es nun doch funktionierte, ich wurde immer weiter „aufgefädelt" und es tat nicht weh, war nur noch unendlich geil, weil ich ausgefüllt wurde wie nie zuvor und dabei so hilflos war!

Plötzlich sagte der Riese, ich solle den Kopf in den Nacken legen und den Mund öffnen, damit der Schwanz oben rauskönne. Auch das schien mir plausibel. Ich nickte verständnisvoll und spürte, wie die Eichel in meiner Kehle emporkam, den Mund ausfüllte und dann aus mir austrat.

Er ließ mich immer noch tiefer rutschen und ich zappelte hilflos aufgespießt mit Armen und Beinen, bis er mich in der Körpermitte packte und mich auf und ab bewegte. Er wichste sich sozusagen mit meinem Körper, bis er kam und ich sah das Sperma wie eine Fontäne emporspritzen.

Das Sperma kleckerte meinen Pelz voll! Jetzt merkte ich, dass ich seinen Orgasmus auch fühlte, da waren die Kontraktionen, also die Peristaltik des Harnleiters, die ich als intimste Vibration durch mich durchlaufen spürte. Dabei kam ich so heftig, dass ich wach wurde. Ich hatte sogar, eine einmalige Sache, das Bett nassgemacht.

3

Diana (30) - Ladendiebin

Vor dem Schlafengehen schob ich mir den neuen Doppel-Dildo in Po und Scheide. Wie erwartet fühlte sich das Ding mit seiner moderaten Größe und den sanften Kurven großartig an, aber es half alles nichts, ich war müde nach dem langen Tag und nach wenigen Minuten schlief ich ein.

Die Folge war ein Traum, dessen Sinn ich nicht verstehe. Und zwar lief ich nackt in einer Stadt herum, die mir vage bekannt vorkam, es gab jedenfalls jede Menge Fachwerkhäuser, Kneipen und Straßen-Cafés.

Niemand schien meine Nacktheit zu stören und meine anfängliche Panik legte sich, aber aus irgendwelchen unerfindlichen Gründen irritierte mich ein Druck im Unterleib.

Selber sehen konnte ich nicht, was da war, spüren mit den Fingern wohl etwas, aber rausnehmen konnte ich es nicht. Sehr merkwürdig. Also sprach ich, logischerweise(!), einen Passanten an, einen Mann in den mittleren Jahren, ob er mir helfen könnte, und ich erklärte mein Problem mit dem Druckgefühl im Unterleib. Er wollte aber nicht nach meiner Scheide schauen und ging weiter. Eine Frau fasste kurz zwischen meine Beine und meinte, da könne sie nichts machen.

An einem Straßencafé versuchte ich es erneut und prompt wurde ich von zwei jungen Männern auf einen der Tische gelegt, Beine in die Luft und sie fummelten an mir da unten rum. Mehrere Finger waren vorn und hinten in mir. Plötzlich zogen sie etwas aus mir heraus, eine Kerze. Ich stöhnte, noch etwas glitt endlos lange aus meinem Po, ein verrücktes Gefühl. Es war eine riesige Salami! Hier, mitten auf dem Marktplatz, wo alle zusehen konnten, steckten sie wieder die Finger in mich und zogen eine Gurke heraus! Ich wand mich vor Scham und Lust, aber eigentlich ging es, es hätte unangenehmer sein können – und da wurde es auch schon so richtig fies: „Das ist eine Ladendiebin!", sagte einer der Männer. „Guckt mal, was sie alles da unten gebunkert hat!"

Entsetzt rief ich, ich sei doch keine Ladendiebin!

„Na, und ob!" Und mit einiger Kraftanstrengung wurde eine Flasche Wein aus meinem Hintern gezogen, was ein schrecklich schönes Gefühl erzeugte, praktisch kurz vorm Orgasmus. Ich jammerte, sie sollten aufhörten und als ein ganzer 5-Kilo-Sack Kartoffeln aus meiner Scheide kam, schrie ich laut auf und wurde wach. Dass nun tatsächlich etwas in mir steckte, irritierte mich für einige Sekunden enorm, ich war einer Panik nahe, bis ich so richtig zu mir kam - und es mir dann erst mal machte.

4

Markus (44) - Alte Liebe

Einkaufen. Ich schlendere an einigen kleinen Läden vorbei und sehe plötzlich jemanden, den ich jahrzehntelang nicht gesehen habe, eine wirklich große Liebe, Martina, die sich damals für einen anderen entschieden hatte, was ich bis heute nicht verwinden kann.

Ich spreche sie an, sie freut sich, wir gehen durch einen Supermarkt und ich erzähle, wie schlecht es mir geht, beruflich zuviel Stress, meine Frau hat Brustkrebs. Sie ist voller Freundlichkeit und Mitgefühl und plötzlich umarmen und küssen wir uns, als ob es kein morgen gäbe. Für mich ist es DIE Erfüllung nach so vielen sinnlosen Jahren, in denen ich nur funktioniert habe, ohne das zurückzubekommen, was sich ja nun jeder wünscht.

Wir gehen die Straße runter, komischerweise haben wir keinen Einkauf dabei! Es beginnt heftig zu regnen, wir rennen in den nächsten Laden – ich weiß nicht, was für einer es ist – wo ich dringend mal austreten muss.

Glücklicherweise gibt es da eine Toilette, einen kleinen Raum mit dreieckigem Grundriss, der aber gleichzeitig Durchgang ist und die Türen stehen halb offen und lassen sich nicht schließen. Egal. Sie wartet auf mich, kauft ein oder was auch immer und ich setze mich auf das Klo und muss, wie der Amerikaner sagt, beide Geschäfte erledigen, Nummer 1 und Nummer 2, nur, dass ich presse, so fest ich kann, aber bei Nummer 2 geht es irgendwie mittendrin nicht weiter, was aber auch zu blöde ist.

Ab und zu wandert jemand an der halboffenen Türe vorbei und unvermittelt kommt Martina herein, stellt sich direkt vor mich und redet mit mir. Das finde ich nett und durchaus normal. Ich sage ihr ganz einfach, dass ich mitten in einem „Geschäft" bin und noch etwas Zeit brauche.

Sie meint, das sei doch egal, solange ich nicht gleich eine halbe Stunde brauche, denn sie müsse auch.

Derweil gehen Leute durch die Toilette an uns vorbei nach nebenan, wo anscheinend ein Imbiss ist. Ein ziemlich dämlicher Traum! Ich freue mich aber über Martinas warmes verheißungsvolles Lächeln und nun funktioniere ich auch wieder, Platsch, es landet etwas in der Kloschüssel. Sie applaudiert. Ich wische mich ungeniert ab, bin in einem merkwürdigen Schwebe-Zustand völliger Freiheit und Losgelöstheit. Als ich spülen will, wirft sie einen prüfenden Blick in die Schüssel und nickt zustimmend, dann ratsch, zieht sie sich die Hose runter, setzt sich mit großer Natürlichkeit und pfrrt, brrt macht es, schon steht sie wieder auf, ich sehe zwei kleine Würstchen neben meinen Produkten und kommentiere: „Niedlich!", was sie wiederum freut.

Übergangslos stehen wir nebenan im Imbiss am Fenster an einer Art Theke, reden, schmusen und sind plötzlich nackt. Im Stehen stecke ich ihr meinen Schwanz zwischen die Beine und problemlos nimmt sie mich in sich auf. Es ist himmlisch.

Trotz der sachlichen Umgebung und trotz der aufrechten Haltung, es ist sanfter Sex, ein unendlich vertrauliches Miteinander, wie man es nur ganz selten findet, alles ist ganz selbstverständlich, auch findet niemand im Imbiss es komisch, dass wir da bumsen. Ihre blitzenden blauen Augen, ihre rosigen Wangen, ihre Weichheit und Wärme. Endlich macht das Leben Sinn und alles um uns herum versinkt in verschwommener Bedeutungslosigkeit.

Als ich komme, ströme ich unendlich lange in sie hinein, sie stöhnt leise, ist aber anscheinend nicht gekommen.

Ich jedoch hatte tatsächlich einen Orgasmus, wie ich im Wachwerden feststellen muss.

5

Richard (59) – Dienst am Menschen

Ich gehe durch eine Straße, die mit ihrer dunkelroten Backsteinarchitektur derjenigen ähnelt, in der ich großgeworden bin. Ich klingele wahllos, ein Mädchen, so alt wie ich, öffnet. Im Nachhinein wird mir klar, dass ich im Traum 16 oder 17 bin und ich fühle mich unbeschwert, habe keine Berufsprobleme und bin richtig fit.

„Mösendienst", sage ich und ziehe mir einen Handschuh über die linke Hand, tatsächlich ist es komischerweise nur eine Art durchsichtiger Plastiktüte ... „Sie wissen schon, ich muss Ihre Möse kontrollieren!" Warum sieze ich das Mädchen?

„Ach ja. Wenns denn sein muss!" Ich trete näher, sie hat schon den Schlüpfer runtergezogen und ich nehme sie mit rechts in den Arm, um sie festzuhalten, und fahre mit links zwischen ihre Beine und gleite problemlos mit dem Mittelfinger und dann auch dem Ringfinger in ihre nasse Scheide. Sie lehnt sich an mich, stöhnt leise und ich sage: „Das ist ja ganz hervorragend!"

Sie wendet mir ihr anbetungswürdiges Gesicht zu und wir küssen uns und ich genieße ihre Wärme, ihre Zärtlichkeit, das Intime des Kusses und die Tatsache, dass ich sie immer weiter errege, bis sie ... aber in dem Moment wache ich auf, weil mein Schwanz so hart geworden ist, dass er wirklich weh tut.

Müde und verschlafen versuche ich es mir zu machen, gebe auf, drehe mich um und träume fast das Gleiche nochmal. Nur habe ich nun auch an der rechten Hand diese merkwürdige Plastiktüte. Ich dränge ihre Pobacken auseinander und zwänge die Spitze des Zeigefingers in ihren engen After.

Immer wieder werde ich kurz wach, träume weiter und steh plötzlich unten rum nackt hinter ihr, halte sie fest und durchbohre sie mit meinem ganz beachtlichen Schwanz, der völlig problemlos in sie reingeht.

„Das mache ich doch ganz gut!", sage ich und wache wieder auf.

In weiteren viel zu kurzen Träumen tauche ich bei anderen Frauen an der Tür auf und es wird immer schwieriger, die Mösenkontrolle durchzuführen und auch nur einen Finger in eine Scheide einzuführen.

Ich rede eine Menge Blödsinn, den ich nicht erinnere, und am Ende will eine scheue schlanke Frau mich gar nicht ranlassen, so dass ich gezwungen bin, sie an die Wand zu drängen und mir den Weg unter ihren Rock und in ihren Schlüpfer zu suchen.

Es ist ein ziemliches Gerangel mit viel Stoff und aufblitzender Haut, atemlosen Küssen und Gestöhne. Kaum hat das geklappt, sagt sie, ich solle ihre Mutter nicht vergessen, die spiele gerade Klavier. Tatsächlich höre ich Klaviermusik, ich gehe dem Klang nach und finde eine korpulente Frau in den mittleren Jahren, die vor einem riesigen schwarzen Klavier sitzt. Sie lässt sich nicht stören, als ich Mösenkontrolle rufe, und erhebt sich nur, so dass ich ihren Rock hochschlagen und den Schlüpfer runterziehen kann.

Während sie immer weiter spielt, fahre ich mit der Hand in ihre große Scheide und sie ruft, „Nicht da, heute müssen Sie doch hinten kontrollieren." Ich habe keine Ahnung, wieso „heute hinten", dringe aber mit bis zu drei Fingern in ihren dicken Popo ein und genieße ihre Weichheit und Wärme, während sie immer lauter spielt, unangenehm laut, davon werde ich wach und das wars.

6

Marla (25) – Folterkeller

Ich war als kleines Kind schon fasziniert gewesen von Folterkammern und den entsprechenden Werkzeugen. Wir hatten, da war ich acht, eine Burg in Belgien besucht, die all das drastisch zeigte.

Mein Bruder bekam zu Weihnachten prompt eine Ritterburg und wir spielten damit und nahmen meine Barbies gefangen und folterten sie bis hin zum Ausreißen von Gliedmaßen.

Ok? Wir waren Kinder!

Gut, bei mir ist das Problem übriggeblieben, dass meine Sexualität mit ausgedehnten Folter-Fantasien, also mit einer gehörigen Portion Masochismus am besten funktioniert. FANTASIEN wohlgemerkt!

Liege ich unter einem Mann, heize ich mich selber an, indem ich mir vorstelle, er nähme mich auf dem Streckbett. Ein Schal um den Hals hilft mir bei der Vorstellung, ich würde gleich garottiert und so weiter. Dazu erfinde ich Szenerien mit Rittern, Schlössern, Pferden und Folterknechten. Manchmal träume ich auch Versatzstücke dieser Fantasien.

Einmal habe ich in Spielfilmlänge geträumt, zwei große Burschen zerrten mich in den Folterkeller, ich war nur halb so groß wie sie und sie behandelten mich wie ein Stück Gepäck. Während ich schrie, ich hätte doch nichts getan, hoben sie mich im Gehen hoch und zogen mich aus.

Als wir die große Halle des Schlosses durchquerten, zogen sie mir vor den anderen Leuten gerade den Schlüpfer runter. Dann trug mich einer, über die Schulter geworfen, die Kellertreppe hinunter und ins Folterverließ, wo er mich ablud und mitten in den Raum stellte.

Als ich die Eisenzangen, die Brenneisen, Streckwerkzeuge, Ketten und das lodernde

Feuer in der Esse sah, fiel ich fast ohnmächtig um. In meiner schrecklichen Nacktheit war ich so angreifbar. Ich hielt die Hände vor die Genitalien, als ich merkte, wie die vier Folterknechte mich betrachteten, einer kniff in meinen Hintern, einer schlug nach meiner rechten Brust. Einer fragte, was sie nun mit mir machen sollten.

„Gar nichts", sagte der vierte, „wir warten."

„Ich könnte doch mal eben ...!"

„Nein, du weißt, dass der Graf sie zuerst haben will!"

„Aber dann können wir sie ja schon mal ein wenig strecken!"

Übergangslos fand ich mich auf der Streckbank, Arme weit nach oben gezogen, die Beine weit gespreizt, was ja wohl eher unüblich ist. Aber zwei der Folterer fummelten zwischen meinen Beinen herum und zogen die Schamlippen lang und steckten Dinge in mich hinein, ich stöhnte. Ein anderer verdrehte mir die Brustwarzen. Ab und zu wurde ich weiter gestreckt und das ging ganz gut und tat nicht mal richtig weh, obwohl ich an die zehn Zentimeter größer geworden war, wie ich meinte.

Sie diskutierten meine enge Scheide und zeigten sich gegenseitig die nassen Finger, die sie aus mir rauszogen. Ein Dritter nahm sich meinen Po vor, er hatte so einen Konus, eine Art riesige Möhre oder so, an der das Besondere das Gewinde war. Es war im Grunde eine Schraube, die sich immer weiter verdickte – und diese schraubte er in mein armes Arschloch! Ich wurde durchbohrt und gnadenlos aufgezwängt und dann plötzlich riss er das Ding aus mir heraus, was weh tat und ... mich furzen ließ.

Die Folterer kriegten sich kaum wieder ein und ich lag da mit hochrotem Kopf und konnte mich nicht wehren.

Der Kerl versuchte den Effekt unter begeisterten Kommentaren der anderen nochmal herzustellen, was auch noch einmal gelang, dann aber scheiterte und sie begannen zu kommentieren, wie geil ich wohl sei und ob ich einen Orgasmus bekommen würde.

Sie wollten sich den Spaß machen, mir beim Orgasmus mit dem Brenneisen das gräfliche Wappen einzubrennen.

„Versuchts man ruhig", sagte ich überheblich, „ihr macht mir keinen Orgasmus!"

Sie fickten mich aber geschickt und ausdauernd mit dem dicken Holzgriff irgendeines Werkzeugs und vor allem: Jeder auf seine unverwechselbare Art! So wurde das Ganze plötzlich zu etwas Persönlichem, Intimem! Der einzelne der dreckigen Grobiane war nicht mehr anonym, es war nun derjenige, der mich ganz schnell fickte oder der, der mich ganz tief aufspießte, um dann das Ding in meinen Eingeweiden unerbittlich sanft zu bewegen. Oder der, der es rauszog, um immer neu anzusetzen.

Ich wurde immer kurzatmiger und aufgeregter. Hände überall an mir, ein Finger immer wieder auf dem Kitzler ... ich zuckte und wollte kommen, da näherte sich einer mit dem Hitze ausstrahlenden weißglühenden Eisen und ich wich aus.

Keine Ahnung wie, ich konnte trotz der Aufgespanntheit mit dem Hintern etwas zur Seite und noch etwas und dann rissen die Seile der Spannbank und ich fiel runter und ... fiel aus dem Bett.

Da ich nicht wieder einschlafen konnte, holte ich einen Vibrator ran und brachte mich in kürzester Zeit zum Orgasmus. Dann konnte ich erst recht nicht mehr schlafen und ich versank in Fantasien, in denen der Graf mich selber folterte und vergewaltigte.

Mittendrin schlief ich doch wieder ein und träumte, ich sei mit dem Grafen allein im Folterkeller, wieder lag ich auf der Streckbank, das ist wohl etwas, das mich total fasziniert, das ich auch oft tagsüber immer wieder aufs Neue in Fantasien verhackstücke: Diese Hilflosigkeit, diese völlige Unbeweglichkeit, dieses Ausgeliefertsein. Ausgeliefert jemandem, der einen wie ein Objekt behandelt und durchaus wehtun will.

Der Herr Graf spannt mich nun wirklich unmöglich stramm auf und stellt eine Schüssel unter meinen in der Luft hängenden Po.

Dann quält er mich auf verschiedenste Weise mit Zangen und Nadeln. Die Brustwarzen werden durchbohrt, am Ende auch der Kitzler und praktisch alle Objekte, die da rumliegen, auch verrückt große unförmige, wandern immer wieder in meine arme geschundene Vagina und meinen Po, bis die Natur ihren Lauf nimmt, als ich heftigst komme und es nicht mehr halten kann ... jedenfalls bin ich dankbar, dass da nun eine Schüssel steht ...

Eiserne Jungfrau

Es gibt noch etwas, das mich so fasziniert, die Eiserne Jungfrau.

Einmal hatte ich einen Traum, in dem sie auftauchte: Wieder mal war ich gefangen auf einer hohen Burg aus großen Steinblöcken. Ich musste mal und die Folterer führten mich zu dem Klo, das in die Mauer eingebaut war, frei sichtbar zwischen den Zinnen musste ich nackt auf dem Stein mit dem Loch sitzen, mit dem Gefühl, dass nicht nur die Männer, die einfach nicht weggehen wollten, sondern die ganze Stadt und die Leute unter der Burg mich so sehen und vor allem von unten mir direkt in den Hintern gucken könnten!

In Wirklichkeit ist das natürlich Quark, auf die Entfernungen kann man nichts sehen, aber im Traum wand ich mich, bis es endlich lief. Ich wurde wieder wach, musste auf die Toilette, schlief wieder ein, und nahm mir dabei bewusst vor, nochmal von dieser Burg und deren Folterverließ, übrigens in einem Turm, zu träumen.

Es klappte und ich konnte den Traum teilweise steuern, was ich nicht oft hinbekomme. Ich hänge eigentlich recht bequem an der Wand, nackt, in Eisen aufgehängt, und Arme und Beine gespreizt.

Ein Folterknecht kommt heran, streichelt mich an den Brüsten, zwischen den Beinen, und schiebt mir ein oder zwei Finger rein, er steht ganz nah vor mir, wandert immer tiefer in mich und beginnt mich zu küssen, ich öffne den Mund für seine Zunge und nun ist er oben und unten in mir. So könnte ich kommen, aber mein Blick fällt auf die Eiserne Jungfrau, die halbgeöffnet ihre grausamen Dornen präsentiert, die sich beim Schließen in das Opfer bohren.

„Na, nur das nicht!", denke ich, aber da werde ich auch schon zu ihr hingezerrt und in der Rückseite des Geräts festgeschnallt. Ich jammere, bettele und biete den Männern sexuelle Gefälligkeiten an. Da fällt mir der riesige Metall-Dildo in der Front auf, der auf meine Scham zielt. Er hängt waagerecht und würde mich brutal verletzen, wenn die Front geschlossen würde.

Interessiert bemerke ich aber, dass der Dildo sich bewegt, wenn man die Tür, die Front bewegt! Die Dornen sind irgendwie nicht mehr wichtig.

Als die Tür sich dann wirklich schließt, macht der Dildo eine elegante Ausweichbewegung, kommt von unten in meine Scheide und wandert in mir hoch, immer tiefer, immer weiter, bis die Tür geschlossen ist und ich nicht weiter verletzt, sondern nur maximal aufgespießt bin. Man macht sich den Spaß, die Front zu bewegen, also immer wieder aufzuklappen und zu schließen, so dass ich regelrecht gefickt werde, bis ich komme.

7

Johannes (41) – Der Baumarkt

Ich durchquerte die Sanitärabteilung eines Baumarktes und sah durch die halboffene Glastür ein schönes Mädchen mit heruntergelassenem Schlüpfer auf der Toilette sitzen. Jeder weiß, dass die Dinger gar nicht angeschlossen sind und es ist eigentlich nur ein Anlass für Witze. Aber es schien mir hier das Natürlichste von der Welt, hinzugehen und zu sagen: „Das plätschert aber schön!"

Sie lächelte. Ich ging näher ran und hockte mich hin. „Zeigst du mir, wie du pinkelst?"

„Klar!" Sie spreizte die Beine etwas und ich sah einen fingerdicken gelben Strahl, der förmlich in die Schüssel rauschte.

„Ganz schöner Druck", sagte ich und es hörte nicht auf.

Sie lächelte mich immer noch an und ich beugte mich ein paar Zentimeter vor, sie kam mir entgegen und wir küssten uns sanft. Plötzlich roch ich, dass ihr Urin nach reinem

Apfelsaft duftete. Langsam versiegte ihr Strahl und sie lehnte sich zurück um sich abzuwischen. Dann stand sie auf, ich bat: „Zieh ihn noch nicht hoch!"
Ich kniete vor ihr, teilte den schwarzen Busch mit den Fingern und leckte ihre immer noch feuchte Scham. Tatsächlich, sie schmeckte nach Apfelsaft. Ich leckte weiter und sie streichelte meinen Kopf und stöhnte sanft.

Mein Penis war steif geworden und ich dachte, dass ich die Gelegenheit nutzen musste. „Da sind doch irgendwo Betten!"
Wir schlenderten engumschlungen durch den Baumarkt und ich wachte auf, weil ich etwas trinken musste.

Sofort klappte ich die Augen wieder zu und versuchte mich auf das Mädchen zu konzentrieren und auf den Baumarkt.

Aber plötzlich war ich in einer Art Kaufhaus, da standen neben viel Ramsch und Krempel, komisches Kaufhaus, auch Betten in den zimmerartigen Verkaufsräumen. In einem Bett fand ich eine wunderschöne Frau mit hellbrauner Hautfarbe und exotischem lieblichem Gesicht, ich kletterte über sie drüber und legte mich einfach dazu. Die Bettdecke ließ erahnen, dass sie über einen ganz gut proportionierten Körper verfügte. Ich sagte, „Du bist aber hübsch, du bist ja sagenhaft hübsch."

Sie schlug die Augen halbwegs auf und meinte: „Komm doch drunter!" Sie hielt die Bettdecke hoch und ich rutschte zu ihr hinüber, wir trugen übrigens beide normale Kleidung, Jeans und T-Shirt. Ich wollte sie küssen, da tauchte jemand neben dem Bett auf, „Ach, meine Eltern", sagte sie, ich bekam einen kleinen Schrecken.

„Liegenbleiben, weitermachen!", tönte der Vater, als ich mich umdrehte, um aufzustehen.

„Wir wollen nur das alte Radio hier, das ist doch zu verkaufen."

„Ja, ich glaub schon", sagte ich,

„Na also", er nahm das Gerät und ging, seine Frau hinter ihm her. Ich atmete erleichtert aus.

Ich wandte mich wieder dem Mädchen zu, das nun schon weniger anhatte, ich war plötzlich nackt und lag auf ihr und drang in sie ein, gleichzeitig küssten wir uns heiß und heftig. Dass wir in diesem merkwürdigen Kaufhaus im Bett lagen, störte nicht, uns nicht und die Leute nicht, die ab und zu zur Tür hereinschauten.

Sie war so köstlich, so anschmiegsam, weich, als ob man ein Daunenbett beschlafen würde. Ihre Küsse waren das Sensationellste, was ich je erlebt hatte, ich wusste plötzlich, dass ich hier mein Lebensglück gefunden hatte.

Ich würde sie nie mehr loslassen und ich spürte, dass ich schon kurz vorm Orgasmus war, da wachte ich wieder auf, weil meine Erektion regelrecht schmerzte – und ich konnte hinterher nicht mehr an den Traum anknüpfen, obwohl ichs intensiv versuchte.

Luzides Träumen klappt nur selten bei mir. Meine Irritation war riesig, halbwach räsonierte ich mit mir selber, warum ich diese liebliche Schönheit aus dem Traum nicht in Wirklichkeit haben, sie nicht in die Realität mitnehmen konnte. Meine langjährige

Freundin hatte einen anderen, das Leben war öde und nicht mal das Weiterträumen klappte!

Ich konnte nicht mehr einschlafen, machte mir einen Kaffee und schaltete den Fernseher ein, um 4 Uhr am Morgen.

8

Resi (37) - Furzkonzert in d-Dur

Mein erster Freund hatte die unangenehme Angewohnheit mir beim Oralverkehr dann und wann Luft in die Scheide zu blasen. Er fand es zu witzig, dass die mit unanständigen Furzgeräuschen sofort wieder austrat oder spätestens, wenn ich mich bewegte. Noch schlimmer fand ich es, wenn er das hinten machte!

Es nützte nichts, ihm das zu verbieten, er ließ es zunächst sein, machte es dann aber doch wieder.

Ich würde zu gerne behaupten, er hätte nur Unsinn im Sinn gehabt, das stimmt jedoch nicht. Nach einer Bankkaufmannlehre entdeckte er seine Liebe zur Mathematik und wurde Matheprofessor in Würzburg. Ich blieb bei BWL und hasse es und bin heute noch bei einem Kraftwerk-Konsortium beschäftigt und langweile mich mit meinem Lebensabschnittsgefährten.

Daraus resultieren, so meine ich, total eindeutige, aber manchmal auch unendlich blöde Sexträume, so wie dieser hier vom Furzkonzert.

Ich werde im Parkkeller des Kraftwerks abgefangen, das hat aber tatsächlich nur den riesigen Parkplatz draußen. Es erinnert auch eher an das Ägidi-Parkhaus in Münster, wo es ewig rund und rund geht. Ein Mann mit rötlichen Haaren und kurzgeschorenem präzisem Kinnbart steht plötzlich neben mir und fasst mich fest am Oberarm.
„Dich kann ich noch gebrauchen. Komm mit, das macht Spaß!" Er zieht mich mit sich, ich protestiere und schlage nach ihm. Das macht ihm nichts, die Schläge kommen irgendwie nicht richtig an und ich frage mich, ob ich ihn überhaupt wirklich schlagen will, vielleicht will ich vergewaltigt werden, denn darauf wird es ja wohl hinauslaufen, nicht wahr?

Er macht eigentlich einen seriösen und netten Eindruck. Woher kenne ich den Typen denn bloß? Er ist am ehesten noch eine Mischung aus diversen Personen, die ich in Schule und Hochschule kennengelernt hatte. Er bringt mich im Auto zu sich nachhause und quatscht mich zu, es ginge um die Musik und moderne Kunst, eine wiedergefundene Partitur von John Cage, die Furz-Sinfonie.

Ich verstehe nicht oder will nicht verstehen, aber als er mich die Kellertreppe hinunterdrängt und meint, ich solle mich ausziehen, die anderen warteten schon, ist wieder alles klar. Hier geht's um Gruppensex. Na, denke ich, wenn ich ganz ehrlich bin, hatte ich das immer schon mal machen wollen, aber wie bitteschön und mit wem. Die meisten Leute und Bekannten und auch Freunde will man sich doch eher nicht nackt vorstellen!

Hier stehen schon in einem typischen Einmachkeller, die Regale sind halb gefüllt, einige nackte Frauen herum, keine Schönheiten, also normale Damen, wie du und ich, hier ein Bäuchlein, dort der Anflug von Reithosen-Problemen, da wieder hängende Brüste: Das

Resultat war, dass ich mich ganz wohl fühlte und kaum Scheu hatte, mich auszuziehen.

Dann jedoch verlangte der „Herr Dirigent", so wurde er angeredet, dass wir uns auf den Tisch legten. „Es geht los, so kommt, Beine in die Höhe, schön den Po rausstrecken!"

Und er beugte sich zur ersten in der Reihe hinunter und ich dachte, das wird ein Cunnilingus, hab ich ja ewig nicht mehr gehabt, da machte er das, was ich anfangs erwähnte. Er blies mit dem Mund Luft in den Po der Frau.

Meine Reaktion verblüffte mich selber: Ich blieb völlig cool. Damals war mir das alles unangenehm gewesen, mittlerweile war ich älter und lockerer geworden und als die Reihe an mich kam, fand ich es ganz lustig.

Dann jedoch wurde es anstrengend, denn, wenn der Herr Dirigent auf den Bauch einer Dame drückte, sollte sie kurz furzen. Drückte er länger, sollte sie entsprechend länger ….

Das ging nicht so recht glatt. Der Mensch ist ja keine Furzmaschine, außer man denkt an den dicken Karl-Otto aus Wartung und Reparatur, der würde wohl jeglichen künstlerischen Ansprüchen mehr als genügen.

Wie der Dirigent das hinkriegen soll, uns alle zu „bespielen", ist mir auch ein Rätsel. Aber er steht dazu hinter dem Tisch und greift mit seinen langen Orang-Utan-Armen über uns hinweg und drückt auf unsere Bäuche. Dabei bewegt er sich rasend schnell, damit eine Melodie daraus wird. Nur dass wir eben nicht so schnell sind. Funktioniert mal eine nicht, schlägt er nach ihrem Busen oder haut auf den rausgestreckten Hintern, dass es klatscht.

„Jetzt übertreibt er aber! Das muss ja wohl nicht sein!", sagte ich zu meiner Nachbarin zur Rechten. Sie hatte die angehobenen Oberschenkel wie ich in die Hände gestemmt und ich sah an ihrer Hand einen Ehering.

„Ach, ich weiß nicht, ich hab ein wenig Angst, gleich gehts doch los!"

„Was geht los?"

„Das Konzert!"

„Was denn für ein Konzert?"

„Na, du wirst schon sehen!"

Und tatsächlich sah ich, dass alle aufstanden und der Keller hatte sich nun doch in eine Art Künstlerumkleide verwandelt.

Manche schminkten sich, manche kämmten ihr Haar und betrachteten sich prüfend im Spiegel. Ich wollte mich auch anschauen, um zu entscheiden, ob ich so nackt annehmbar aussah oder, wie ich vermutete, eher katastrophal, aber ich konnte an keinen Spiegel rankommen, immer drängelte sich jemand vor mir her oder saß ungünstig davor.

Schließlich wurden wir immer noch nackt, mit schaukelnden Brüsten und wiegenden Hintern, ich fand den Anblick hocherotisch, den Korridor entlanggeleitet, auf eine Art Bühne. Vor einem großen Vorhang stand eine Tischreihe, auf der wir wieder Platz nehmen sollten, wie gewohnt.

Mir dämmerte, dass wir dabei unsere Popos dem Publikum präsentierten und das wiederum war mir dann doch unheimlich. Dass man diese Furzerei SEHEN können würde, hatte ich nicht ahnen können. Aber es war zu spät. Und: „Wollte ich nicht mal was Neues erleben, was Exotisches?" Exotischer gings ja wohl kaum!

Als der Vorhang aufging, hörte man am Raunen im Saal, dass dort wirklich eine große Menschenmenge saß und der Dirigent begann doch tatsächlich uns vor aller Augen wie Frösche aufzublasen! Da wurde ich nervös und begann zwischen meinen Nachbarinnen rumzuzappeln, der Dirigent zischte mich an und ich wachte auf.

Na, ich denke, ich sollte mehr und interessanteren Sex haben und wenn das mit meinem Lebensgefährten, Walter, nicht funktioniert, sollte ich mich vielleicht doch mal aktiv umsehen …

9

Gerda (63) – Schwimmbad

Ich bin eher der hausbackene Typ, nett, hilfsbereit, der Kumpel zum Pferdestehlen, aber ich gewinne keine Schönheitskonkurrenzen. Dazu kommt noch, dass ich ziemlich streng erzogen worden bin und im Bett wohl eher … langweilig?

Meist versuche ich über diese Themen gar nicht nachzudenken, und ich meine, dass es mir damit am besten geht.

Manchmal träume ich jedoch verstörende Dinge, die so gar nicht zu mir passen. Zum Beispiel, dass ich vergewaltigt werde. Das ist ja völlig lächerlich und dann muss ich mir noch von „Fachleuten" sagen lassen, dass sich damit verborgene Sehnsüchte nach mehr Sex und mehr Freiheit, zumindest im Kopf verbinden. Gut, wenigstens muss ich mir nicht sagen lassen, ich sollte mich mal vergewaltigen lassen!

Ein Traum, der so ähnlich alle paar Jahre mal auftaucht, ist verbunden mit den Gerüchen und Klängen des alten abgerissenen Nordbades. Der zweistöckige offene Betonbau stank früher förmlich nach Chlor, das war der Geruch nach Freiheit, Wasser, Sonne und Spaß.

Unten waren die Damenumkleiden, oben das Reich der Männer. Die Sonne schien auf die grauen Umkleidetüren, die Schlüssel klingelten, die Füße patschten über den rauen Boden. Hinter einem Rasenstreifen die Becken, Schreie gellten herüber. Der Spaß fing schon lange an, bevor man überhaupt das Wasser erreicht hatte.

In der Pubertät erregte es mich sexuell, mich in der Kabine auszuziehen und nur dazustehen. Natürlich konnte mich niemand sehen. Da hätte sich schon jemand auf den Boden vor die Tür legen müssen, um durch den Fünf-Zentimeter-Spalt zu spähen. Recht auffällig, sich da im offenen Gang auf den

Boden zu werfen … Die Kabinen waren oben mit einem Drahtgitter abgeschottet und da hätte jemand drüberkriechen müssen, um von oben reinzusehen, also, man war da schon sicher, in seiner Umkleide. Dennoch dachte ich mir, dass nur wenige Meter entfernt Männer und Jungen in Badehosen die Treppe runtergingen, oder dass nur drei Meter über mir Männer in ihren Kabinen standen, nackt, so wie ich jetzt.

Die Idee, dass das Schloss nicht funktionierte oder der Bademeister plötzlich versehentlich aufschloss oder dass da irgendwie eine Art Guckloch war, von mir nicht bemerkt und dass ich jetzt so gesehen werden könnte, mit bloßem Busen und unverhüllter Scham, auf der ein kleines Haargestrüpp wuchs, machte mich an.

Oder ich stellte mir vor, ich ginge nackt aus der Tür, etwa zur Toilette ... Ich versuchte auch mich dazu zu streicheln, bekam es dann mit der Angst zu tun, weil ich einerseits dafür zu lange brauchte und andererseits fürchtete, mich vielleicht durch irgendwelche Laute zu verraten.

Ich ließ es also wieder, kam aber am Abend darauf zurück. Ich stellte mir vor, alle Kabinen seien belegt und der Bademeister sagt, ich solle nach oben gehen, da seien noch Kabinen frei, sie sähen das hier nicht so eng. Da ich das natürlich auch nicht so eng sehe (haha), suche ich oben nach einer Kabine und finde nur eine mit defektem Schloss. Na, was solls. Ich ziehe mich aus und prompt geht die Tür auf und ein Mann etwa wie Tom Selleck steht da und sieht mich überrascht und wohlgefällig an.

„Ich weiß", sage ich. „Es sind alle Kabinen belegt, Sie müssen noch einen Moment warten!" Und ich halte mir schamhaft meinen Badeanzug vor.

Doch Tom Selleck kommt herein, drückt die Tür zu und nimmt mir den Badeanzug weg – und dann kommts, wie es kommen muss. Zunächst wehre ich mich zwar, obwohl ich eigentlich möchte und dann klappt es erst, als er auf mir liegt und mich mit seinem Gewicht immobilisiert. Ich kann nichts mehr machen und dann …

Der Traum aber, neulich, lief anders. Vor allem bin ich kein junges Mädchen mehr!

Ein Gong ertönt, während ich mich mit einer Freundin zusammen umziehe. Der Ansager verkündet, dass das Los Nr. 33 sei. Meine Freundin freut sich: „Das ist ja unsere Kabine!"

„Ja und?"

„Na, wir werden jede Menge Spaß haben!"

„Spaß, wieso Spaß?"

„Muss man dir denn alles erklären?"

Und da öffnet sich doch die Türe, eine Meute von Männern in Badehosen steht davor, dringt ein, ich schreie, es nützt nichts, man zieht uns nackt hinaus, drängelt und zieht uns die Treppe hinunter unter dummen Witzen, dass sie gern in was Bequemeres schlüpfen würden. Ich schäme mich unendlich, ich bin so alt und dicklich und meine Brüste hängen ungelogen wie Tragetaschen bis zur Hüfte hinunter, oh Gott, so schlimm ist das? Ohne BH, ohne Höschen bin ich verloren. Mein Hintern schwabbelt und in die Cellulitis kann man Abnäher machen. „Warum lasst ihr mich nicht einfach gehen, ich bin hässlich!", sage ich zu dem kräftigen Kerl neben mir, der mich eisern an Oberarm gepackt hält. Er greift sich meine rechte Brust, hebt sie hoch: „Es ist aber für alle was dran an dir!"

Ein anderer greift von hinten zwischen meine Beine. Seine Finger dringen problemlos in mich ein und er verkündet, ich sei geil und klatschnass.

„Parken wir sie gleich hier!" Schon knie ich auf der vorderen Bank der Doppelreihe zwischen den Becken und man beugt mich über die Lehne, lässt mich die Hände auf der anstoßenden Bank aufstützen.

„Guckt mal!", und mehrere Hände ziehen meinen Po, meine Scham auseinander, das ist so unmöglich, so erniedrigend. Dann dringen auch noch Finger in mich ein, erst vorn, dann auch noch hinten!

Ich jammere und bettele und verspreche alles Mögliche, wenn sie mich nur gehen lassen.

„Kann ihr nicht jemand den Mund stopfen?" Der braungebrannte Typ vor mir zieht die straff gespannte Badehose runter, ein Glied springt mir entgegen und hängt direkt vor meinem Gesicht. Nein, das werden sie doch nicht verlangen? Das mache ich ja selbst bei

Markus, meinem Freund nur ganz, ganz selten!

Das Glied ist rosig und glatt und die Eichel glänzt, weil er die Vorhaut zurückzieht. Er stupst damit an meinen Mund und ich begreife, dass niemand einschreiten, niemand helfen wird. Ich ergebe mich und nehme ihn auf, mit dem Gefühl, dass zunächst zu viel in meinen Mund eindringt, die Erektion ist fast zu groß, ich würge etwas, dann beginnt er sich vor und zurück zu bewegen und es ist zu ertragen. Auch schmeckt er nicht schlecht, wie ich befürchtet hatte. Es ist nur so furchtbar intim und die Typen drumherum johlen und applaudieren und fordern, auch mal an die Reihe zu kommen.

Derweil nimmt mich jemand von hinten, zack, ist er eingedrungen und füllt mich aus. Meine Güte, die haben aber auch Schwänze! Dafür bräuchten sie eigentlich Waffenscheine! So gründlich bin ich noch nie aufgespießt worden. Dass das überhaupt geht!

Aber es geht alles, die Männer wechseln sich ab, das nächste Glied füllt meinen Mund aus, der nächste Kerl nimmt den Hintereingang. Hände wandern über meinen Körper, spielen mit den Brüsten und ziehen sie nach hinten wie Zügel. Wie deformiert bin ich denn? Wie ekelig, wie abartig. Aber das Zuggefühl und die Spannung in den verdrehten Brustwarzen sind gleichzeitig auch verrückte, geile Gefühle.

Ich höre meine Freundin erregt kreischen, ein paar Platscher, sie sind offensichtlich ins Becken gesprungen, um sich dort zu vergnügen. Ich kann den Kopf nicht heben, ich werde festgehalten und muss meine intime Aufgabe weiter ausführen. Plötzlich höre ich: „Ich komme gleich, du schluckst hoffentlich alles!"
Ich bekomme Panik, wehre mich, kann aber nicht weg und das warme fleischige Ding in meinem Mund spuckt mir ein, zwei drei Ladungen Schleim in den Rachen. Notgedrungen, um nicht zu ersticken, schlucke ich das Zeugs, das seltsamerweise nach stark verdünnter Sojasauce schmeckt … und komme selber unglaublich heftig. Statt mich zu freuen, schäme ich mich, bin ich denn auch nur irgendeine gewöhnliche Hure?

Sie lassen nicht von mir ab, es sind unüberschaubar viele, die herandrängeln, nach mir grabschen, an meinen Büsten ziehen und sie verdrehen und regelrecht verdrillen! Ich wusste nicht, dass das überhaupt geht!

Und schon wieder wird mein Mund benutzt, ich habe den Samen vom einen noch nicht ganz verschluckt, da kommt der nächste und schiebt sein zuckendes Glied zwischen meine Lippen.

Ich komme noch zweimal, dann fürchte ich, dass all das Sperma, das in meine Scheide gepumpt worden ist, beginnt auszulaufen und ich fühle die Nässe an den Schenkeln – wovon ich wach werde.

Irritiert denke ich, ich sei im Schlaf wirklich vergewaltigt worden und es laufe tatsächlich Sperma aus mir heraus, aber dann begreife ich, dass ich einfach nur so nass bin, zum Überlaufen nass!

10

Marie (46) - Strafe

Das habe ich vor mindestens 10 Jahren geträumt. Ich bin in einer Art Schule oder Universität, überall dunkles Holz, Türen, Korridore, Bücher, Schränke und ich stehe in einem Büro mit einem Schreibtisch, Ledersesseln, Messinglampen, alten Bildern an den Wänden. Ich bin wohl wieder Schülerin, Studentin oder so, aber eigentlich doch zu alt dafür.

Mein Gegenüber ist ein gesetzter älterer Herr mit grauen Haaren, Anzug und einem würdevollen autoritativem Auftreten. Er riecht nach einem teuren Eau de Cologne und sieht ziemlich fit und sportlich aus. Er ähnelt, wenn überhaupt, einem Bild, das ich mal von Hemingway gesehen habe, aber kaum wie ein Lehrer, den ich wirklich mal gekannt hätte.

„Du hast gepfuscht. Heb mal dein Kleid hoch!"

Ich weiß genau, was er meint. Auf meinen Oberschenkeln habe ich die Matheformeln mit Kuli aufgeschrieben. Eigentlich ein tolle Pfuschmöglichkeit. Aber ich hab mich zu dumm angestellt und bin aufgefallen. Widerstandslos hebe ich das Kleid an.

„Ach tatsächlich, schöne Fleißarbeit. Und weiter?"

„Wie weiter?"

„Na los, am besten ziehst du das Kleid ganz aus."

„Aber ... ich ..."

„Ausziehen!", befiehlt er laut und energisch und ich hebe den Saum meines Kleides gehorsam über den Kopf und lege das dünne Stück Stoff über den Stuhl vor mir.

„Aha, aha, aha! Wusste ichs doch!"

Ein wenig verwundert sehe ich selber, dass ich komplett mit Kuli beschriftet bin, dann fällt mir ein, dass ich das ja schon lange so mache und mir für alle Arbeiten irgendwo was auf die Haut geschrieben habe. Ich sehe aus wie ganzkörpertätowiert in Königsblau.

„Den BH auch!"

„Ach, bitte!", sage ich.

„Da gehts doch weiter, das muss ich sehen!", klagt er an.

Der BH wandert auch auf die Stuhllehne und er fasst an meine linke Brust und hebt sie an, mir wird ganz anders, zwischen meinen Beinen habe ich so ein ziehendes Gefühl. Die Verlegenheit mischt sich mit Lust.

„Wie haben Sie das hingekriegt, sich auch unter der Brust zu beschriften?"

„Ja, also, das war meine Schwester, die hat mir geholfen!"

Sanft hebt er auch die andere Brust an und studiert genau, was da steht.

„Das kann man schon faszinierend nennen. So etwas habe ich noch nie gesehen!" anerkennend nickt er. „Und jetzt den Slip!"

„Nein, bitte, das muss doch nicht sein!"

„Hier bestimme ich, was sein muss und was nicht!"

Ich fasse den Gummizug an, kann aber nicht...

„Na los!", herrscht er mich an und ich streife tatsächlich den Slip über die Schenkel runter und trete raus.

„Setzen Sie sich hier auf den Schreibtisch, so, und jetzt zurücklehnen!"

„Aber das ... ich kann doch nicht ...!"

Er drückt mich mit einer seiner großen Hände auf meiner Brust einfach zurück und ich liege flach auf dem Rücken auf der Lederunterlage der Schreibtischfläche. Meine Unterschenkel hängen noch runter.

Er beugt sich über mich und ich zucke zusammen, denn er greift mir an die Scham und zieht sie auseinander.

„Selbst die Schamlippen sind beschriftet, so was hab ich ja noch nicht gesehen. Das ist fast schon ein Kunstwerk!"

Er fummelt an den Schamlippen rum und zieht sie lang, ich stöhne laut, dann kommt er wie zufällig an den Kitzler und ich bäume mich auf. Goooott! Jetzt kann er mich haben, wenn er will, ich bin soweit! Fass mich nochmal so an! Nimm mich! Ich bin wie besoffen, aber er sagt. „Sie haben die Wahl, weil Sies sind, ich meine, Strafe muss sein, dass ist Ihnen doch klar?"

„Strafe muss sein", echoe ich heiser.

„Also, 20 Schläge auf das Gesäß! Soll ich den Stock nehmen oder die Hand?"

„Die Hand!" Bloß nicht den Stock, die Haut platzt auf, es bilden sich Narben, manche gehen nie wieder weg.

Er sitzt auf seinem Bürostuhl, ich muss mich über seine Knie legen. Hände und Füße berühren so eben den Boden und der arme Hintern ist wehrlos hochgereckt.

Er schlägt zu, aber es ist doch mehr ein Klaps und er meint selber: „Das war noch nichts, aber wir zählen es schon. Zählen Sie mal laut mit!"
Also ich: „Zwei, drei, vier ..."

Und es tut ein wenig weh, aber ich spüre meinen Hintern, wie ich ihn noch nie gespürt habe, es ist mehr eine Art Massage für die Pobacken als eine echte Strafe und dann schlägt er zu und lässt die Hand liegen, er zieht damit die Backen auseinander und kann, wie mir mein Freund mal erklärt hat, in dieser Position in meine Körperöffnungen hineinschauen. Na wenigstens teilweise. Selbst die Rosette öffnet sich ein wenig! Mir wird ganz anders!

„Fast zu schade, sowas Niedliches zu schlagen!" Er schlägt aber, Patsch, dennoch wieder zu und zieht erneut den Po auseinander.

Und plötzlich streichelt ein Finger den Scheideneingang, dann das Poloch. Ein weiterer Schlag und nun dringt er erst vorne, dann hinten ein wenig in mich ein. Das macht er ein paarmal, bis ich nur noch ein zitternder Haufen Wackelpudding auf seinen Knien bin, ich stottere, jammere, schreie!

„Ich würde dich lieber lieben als schlagen, komm!" Er richtet mich auf, bugsiert mich wieder auf den Schreibtisch, Reißverschluss auf und schon steckt er in mir drin, aber das Glück ist nicht von langer Dauer. Die Tür geht und zwei Frauen stürmen herein: die Sekretärin und die Ehefrau. Sie schlagen auf ihn und auf mich ein und die Ehefrau schreit, sie wolle die Scheidung, so eine Demütigung. Mit so einem dummen Flittchen und was ich mir denn dabei denken würde. Mittlerweile hat er den Reißverschluss wieder hochgezogen und bedient sie mit dem Standardsatz, sie sähen sich vor Gericht, dann flüchtet er. Ich liege immer noch hilflos, nackt und mit angehobenen Beinen auf dem Schreibtisch und zeige den Frauen meinen Hintern. Sie schreien auf mich ein und ich versuche meine Blöße mit den Händen ein wenig zu bedecken. Dann schreie ich zurück, das sei doch alles ganz anders. Ich sei hergekommen, um bestraft zu werden und dann ... dann habe er mich mit Schlägen und Streicheleien verführt.

Bestraft, wieso bestraft, wird nachgefragt und ich erkläre, dass ich gepfuscht habe, indem ich meinen Körper als Pfuschzettel missbraucht habe.

Ach ja, das sähe man ja ganz deutlich und da sei ja wohl eine ganz heftige Strafe fällig! Und eine greift den Stock und während die andere mir die Beine hoch in der Luft festhält, schlägt sie hemmungslos auf mich ein, das tut nun wirklich weh. Ich schreie und weine und die Sekretärin sagt zur Gattin, sie solle mal aufhören und schauen, was für deutliche Spuren ihre Schläge auf meiner zarten Haut hinterlassen.

„Ach, das wollte ich eigentlich nicht!", meint sie dann und beginnt mich zu trösten, und mir die Wange zu streicheln, nur dass ihre Hand sich dann zu meiner Brust verirrt, mit der sie zu spielen beginnt. Derweil untersucht die Sekretärin meinen Po und dringt genau wie er zuvor mit den Fingerspitzen vorn und hinten in mich ein.

In Nullkommanichts bin ich wieder ein hilfloses, hysterisch zuckendes schreiendes Lustbündel und wenig später sind die beiden auch nackt und sehen zu meinem Erstaunen sehr knackig und begehrenswert aus, es ist nichts an ihnen auszusetzen, obwohl sie in ihrem Alter Fettansätze hier und Speckröllchen dort haben sollten und Hängebrüste und Hautprobleme. So hatte ich sie jedenfalls vorher eingeschätzt. Ich staune und schon sind sie über mir, reiben ihre Mösen an meiner, setzen sich auf mein Gesicht, lassen sich von mir lecken und lecken mich.

Beide kommen, ein oder mehrmals, es ist ein ziemlich hysterisches Durcheinander, da sagt die Gattin, sie wolle mir noch einen unvergesslichen Orgasmus schenken und nimmt die Stifte aus dem Butler auf dem Tisch und führt einen nach dem anderen in mich ein.

Es werden immer mehr, ich stöhne, keuche, protestiere und doch suchen beide in Schubladen nach weiteren Kulis Bleistiften und Füllern, die vorne und hinten immer weiter dazugesteckt werden.

„Hilfe!", schreie ich, „Ich platze!" Aber noch ein paar Kugelschreiber müssen rein und ich komme wie ein Vulkan, und verrückterweise schieße ich dabei mit den Orgasmuskrämpfen die Stifte ab wie mit einer Kanone, mal einzelne oder jeweils ein paar auf einmal. Dabei treffe ich die getäfelte Wand gegenüber und ein paar Füllhalter bleiben stecken. Ich muss laut lachen und die anderen lachen mit. Dann meinen sie, ich könnte gehen, wenn ich das Diplom an der Wand träfe.

„Wir müssen sie neu laden!", meint die Sekretärin und sie holen die Füllhalter zusammen. Und ohne dass man auf meine Proteste und mein Stöhnen achtet, werde ich erneut regelrecht vergewaltigt. Sie machen es mir zwar ein zweites Mal, aber ich treffe nicht und dann erinnere ich nur noch, dass sie einen kompletten Blödsinn von sich geben, der selbst im Traum keinen Sinn macht und der Traum löst sich in völligen surrealen Quatsch auf.

11

Edith (66) – BEING A MAN

Ich bin 66 und die typische ältere Dame, keine rassige Schönheit. Und ich bin bi, seit meiner Jugend. Mich macht es seit Jahren besonders an, mir vorzustellen, ich sei ein Mann. Nun träume ich das sogar.

Im Traum bin ich Landedelmann, Modedesigner oder Restaurantbesitzer und diesmal außerdem Bürgermeister (keine Ahnung, wo DAS nun wieder herkommt) und ich will wiedergewählt werden. Ich habe Geld, Personal und viel zu tun und bin ein wenig in die zwei neuen Küchenhilfen verliebt, die in der Küche meines riesigen Landhauses - ich verlaufe mich darin regelrecht - aushelfen. Eine ist blond, die andere schwarz und sie sehen in den Dienstbotenkleidern, die ich zur Verfügung stelle, einfach scharf aus.

Ich versuche nett zu ihnen zu sein, höre aber im Weggehen, wie sie über mich und meine Springpferdezucht lästern und Witze machen.

Erbost gehe ich zurück, beordere sie in mein Arbeitszimmer, stelle sie zur Rede und schlage mit meiner kleinen Reitpeitsche auf den Tisch. „Ausziehen!"
Sie zieren sich, aber haben vor der Peitsche genügend Respekt, um Folge zu leisten. Als sie nackt vor mir stehen, donnere ich: „Zur Strafe serviert ihr so heute Mittag das Essen!"
„Aber wir können doch nicht nackt servieren!", klagt Melinda, die Blonde.
„Bitte, wir haben es doch nicht so gemeint!", sagte Bessie, die Schwarze.
„Das hättet ihr euch vorher überlegen sollen. So zieht man nicht über seine Herrschaften her! Und wenn ihr euch zu unbekleidet fühlt, hab ich was für euch!" Ich öffne das Fenster und breche von den geradezu hereinwuchernden Rosen vier ab. Ich entferne die Dornen und klemme jeder eine zwischen die Pobacken und die Schamlippen, nur um festzustellen, dass das vorne nicht hält. Die

Rosen fallen runter. Ich versuche es bei Melinda erneut und finde ihre Reaktion, als ich den Stängel in ihre Scham drückte, so niedlich. Sie hält sich an meinem Arm fest, atmet schwer und himmelt mich aus verschwiemelten blauen Augen an. Sie duftet nach Royal Secret. Versuchsweise bewege ich den Stängel vor und zurück und sie stöhnt und tut noch zweierlei, sie spreizt die Beine etwas, damit ich besseren Zugang habe und fasst an meinen Schritt, wo sich ein kolossaler Ständer unter der Hose verbirgt. Jetzt stöhne ich und ich hindere sie nicht daran, die Hose zu öffnen und mein bestes Teil auszupacken. Das ist schon ein tolles Gefühl. Mein Ding in der Hand einer hübschen jungen Frau – dafür hat der Traum sich schon gelohnt. Aber hier geht bestimmt noch mehr: „Also gut", sage ich, „weg mit den Rosen! Bessie, knie dich auf den Stuhl, Hände auf den Tisch! Melinda, du legst dich auf ihren Rücken!" Und ich arrangiere sie so, dass ich nun zwei Popos übereinander habe. Wie wundervoll!

Ich bin schon nackt und will mich in Melinda versenken, da klingelt es. Aber die beiden können natürlich nicht öffnen. Ich genauso wenig! Als ich aus dem Fenster schaue, steht da der BMW meines besten Freundes.

„Martin! Ich hab keine Zeit, ich kann nicht kommen, wenn du kommst!" Und ich lache über meinen tollen Gag.

„Was ist los?", er registriert anscheinend meinen nackten Oberkörper. „Hast du da was in Arbeit?"

Ich nicke. „Zwei Damen!"

„Ach, da kannst du mir doch eine abgeben! Warte, ich komm hintenrum!"

„Er kommt hintenrum", sage ich resigniert zu den beiden.

Sie kichern. „Können wir aufstehen?"

„Nee, bleibt mal so, ich will Martin was Schönes zeigen!"

Sie kichern wieder, es klingelt erneut und Martin, der über die Terrasse hereinkommt, ruft: „Bemüh dich nicht, ich mach schon auf!"

Es ist mein Cousin David, mit dem ich großgeworden bin, wir haben ein recht inniges Verhältnis, er ist schon schwer in Ordnung, nur im Moment über!

Die Küche beginnt sich zu füllen, jeder, der Bessie und Melinda sieht, bekommt einen Steifen und ich beginne zu überlegen, wie man sie verplanen konnte, so dass jeder seine Freude an ihnen hat.

Als noch zwei Freunde und der Klempner und der Gärtner eintreffen, verliere ich die Übersicht. Die Küche ist voll und die Party so richtig im Gange und an Bessie und Melinda komme ich nicht mehr heran. Die werden von vorn und hinten genommen und was machen sie, sie kichern!

Keiner hört mehr auf mich, soviel zum Bürgermeister. Wutentbrannt renne ich aus dem Haus, die Straße runter. Ach, komisch, ich bin wieder angezogen.

Hier gibts Kneipen, Clubs, Diskotheken und soweit ich mich erinnere, sogar Bordelle. Im Nachhinein denke ich, war diese Traumgegend ein Mischmasch von verschiedenen Ferienorten, denn plötzlich stand ich am Strand.

Ich seh mich um, da fällt mir das „Grotto" auf. Lauter nette Leute wandern dort hin, sie erkennen mich, nicken mir zu und winken.

Das muss was sein. Ohne dass ich es bemerkt hatte, ist es Abend geworden und die rote Leuchtschrift „Grotto" färbt die ganze Uferpromenade ein. Immer mehr Menschen wandern in den Laden hinein, ziehen mich mit. Ich nehme ein Bündel Kugelschreiber aus der Tasche und beginne sie zu verteilen, mit der Bitte, dass sie mich bei der Wahl ankreuzen sollen.

Der Laden ist großartig, sowas habe ich noch nie gesehen, ein fabelhaftes Halbdämmerlicht innen, eine Mischung aus Disko und Bar mit Séparées und das ein paarmal hintereinander in langgestreckten irgendwie mäandernden Räumen. Die Menschenmengen von vorhin haben sich verlaufen. Ein paar Leute tanzen zu einer Musik, die wie Improvisationen zu Themen der Doors klingt. Super! Und das absolut Geniale: In den Wänden sind Nischen eingelassen, rot ausgestaltet, mit Kissen, Decken, indirekter Beleuchtung und offensichtlich jeder Menge Frauen!
Bald finde ich eine, die allein tanzt, lange dunkle Haare, ein melancholisches Gesicht, elegante Bewegungen. Ich grinse sie an und

versuche anzubändeln, indem ich frage, ob sie einen Gin Fizz möchte, sie nickt. Ich hole zwei an der Bar, wo ich nichts bezahlen muss, und habe die ganze Zeit Angst, sie gleich nicht wiederzufinden oder wenn ich sie wiedergefunden hätte, würde sie mit einem anderen Kerl dastehen, bei meinem Glück ihr Mann oder so! Das ist doch so einer von diesen Tagen, an denen alles Wichtige schief geht!

Tatsächlich ist sie weg, ich sehe mich suchend um, und es dauert, bis ich sie in einer der Nischen entdecke, von wo aus sie mir zuwinkt.

Ich weiß nicht recht, was ich sagen soll. „Würdest du mich auch wählen?", kommt schließlich heraus und sofort ists mir peinlich, so einen Quatsch gesagt zu haben.
Sie aber meint beruhigend. „Ich habe dich schon immer gewählt!" Und voller Verständnis legt sie mir die Hand in den Nacken und zieht mich zum wunderbarsten Kuss ever heran.

Unsere Drinks sind irgendwie weg, unsere Kleider auch, egal. Das ganze Drumherum ist egal, es existiert für uns nur diese Nische, diese kleine rote Höhle in der Wand. Der Tanzbarbetrieb geht zwar weiter, geht uns aber nichts an.

Endlich bekomme ich meine Gelegenheit, sie dreht sich auf den Rücken, ich dringe in sie ein. Endlich, was für ein heroischer Moment, was für ein überragendes Gefühl, von ihr umschlossen zu sein, weich heiß, nass. Ein Teil von mir weiß wohl noch, dass ich eigentlich eine Frau bin und denkt: Ach, so ist das also! Und: Mehr davon!

Das ungemein Befriedigende ist, auf ihr zu liegen und zu spüren, dass ich sie festhalten kann, dass ich mit ihr machen kann, was ich will, mich tief in ihr versenken oder ihn rein und raus gleiten lassen. Käme sie mit der Idee, mal oben sitzen zu wollen, würde ich nicht drauf eingehen, es ist viel zu lustvoll, ihr mit meinem Gewicht die Beine zu spreizen, sie gleichzeitig zu küssen oder die Brüste zu streicheln.

Ich hämmere mit dem Becken auf sie ein und komme schließlich heftig. Es ist ein wunderbarer erfüllender Orgasmus und ich weiß plötzlich, wie das ist, sein Sperma zu verspritzen, wie erlösend und befriedigend. Dann merke ich, dass ich an den Beinen nass bin. Davon wache ich auf. Es ist natürlich kein Sperma, sondern Urin.

Ich kann ja alles verstehen, Mann, Frau, egal, aber wieso „Bürgermeister"? Mit Politik hab ich nie etwas am Hut gehabt!

12

Bernd (38) – Verlassen

Längere Zeit stand ich mit Debora auf dem Flur herum und die Stimmung wurde immer schlechter. Sie machte komische Bemerkungen und irgendwie ahnte ich, dass da noch was kommen würde. Und bitte: „Ich finde deine Gedichte sowieso nicht so schön und so richtig verliebt war ich nie in dich. Es ist Schluss!" Was für ein Tiefschlag und wer das alles mitbekommen hatte! Ich unterdrückte ein Schluchzen, ich wollte nicht wieder allein sein, die innere Leere war wie ein physischer Schmerz, ein Würgegriff, der den ganzen Körper umspannte. Ich wollte laut schreien, sah aber lieber zu, dass ich zur Toilette kam.

Doch dahin gelangte ich gar nicht: Hier rannten ja jede Menge Frauen herum. Es war ein wenig wie auf der Fortbildung im Sauerland mit der anschließenden Fete, die ich vor ein paar Jahren ziemlich klasse fand, obwohl mir der Wagen dabei verreckt war. Allerdings waren wir in einem Bürogebäude und hier wurde ja eigentlich gearbeitet. Hatte etwas mit Schulung und Finanzen zu tun und ich musste mir hier von den Vorgesetzten ganz schön was gefallen lassen.

Eine Hübsche kam zielbewusst auf mich zu: „Das war ja wohl nicht nötig. Sie sollte sich was schämen, du bist so ein netter Kerl."
Marlen näherte sich vorsichtig, als wolle sie eigentlich vorbeigehen, stand dann aber vor mir, so dass ich auf sie hinunterschauen musste: „Das hab ich leider mit… Tut mir .. Wenn ich was für dich …." Und schon war sie wieder weg. Ich sah ihr hinterher und dachte, dass ich sie mochte, warum ging sie…, war auch wohl die Einzige, von der ich den Namen wusste! Dafür sprach mich nun eine kurzhaarige Brünette an: „Was wären wir hier ohne dich? So kann man dich doch nicht behandeln!" Schon fühlte ich mich etwas besser. Eine etwas Ältere gesellte sich dazu: „Eine anständige Frau macht so was nicht, schon gar nicht so, auf dem Flur in der Arbeitszeit, Also, nicht dass du das falsch verstehst …"
Ich verstand nicht, was ich falsch verstehen konnte, aber binnen weniger Minuten hatte

ein ganzer Trupp von Frauen mich an die Wand gequetscht und palaverte vor sich hin. Ich war der Mittelpunkt und der Meinung, dass ich das auch verdient hatte. An Deborah dache ich gar nicht mehr, wer brauchte schon Deborah, wenn er so beliebt war wie ich.

Ab und zu bekam ich ein Küsschen auf die Wange oder wurde heftig in den Arm genommen, so dass ich unterschieden konnte, wer von ihnen einen BH trug und wer seine heißen Brüste nur durch zwei dünne Lagen Stoff getrennt an mich presste.

„Du musst jetzt an dich denken! Du musst weitermachen, du darfst jetzt nicht stehenbleiben und trauern. Es muss weitergehen, Max, es muss weitergehen!"
Ringsum redeten sie, wenn sie nicht gerade auf mich einquatschten, über einen französischen Autor, der in einem Roman eine utopische Gesellschaft beschreibt, in der alle sehr moralisch, mitfühlend und verantwortungsbewusst handeln. Das Mindeste wäre wohl, dass Debora jemanden für mich gesucht hätte, der mich tröstet. Sie könne mich da doch

nicht so allein stehen lassen! Am Ende beginge ich möglicherweise Selbstmord!

So bekam ich auch mit, wie sie verabredeten, mich zum Baggersee zu schleifen, für eine spontane Fete. Ich wurde kaum gefragt, driftete mit den freundlichen Frauen mit und fühlte mich pudelwohl – beschützt wie in einer Plazenta.

Der Baggersee lag anscheinend nicht weit entfernt, quasi sofort waren wir da und ich blickte gezwungen ungezwungen auf die sanftblaue Wasserfläche hinaus, während die Damen sich auszogen, zwei hatten schon Bluse und BH abgelegt und präsentierten mir ihre herrlichen Brüste. Und ich konnte nicht hinsehen! Ich war zu gut erzogen, zu korrekt. Einmal hatte ich an der Ostsee gesessen und vier attraktive Mädchen hatten sich zwischen mir und dem Wasser ausgezogen, ihre Sachen achtlos hingeworfen und sich in den Sand gelegt und gesonnt. Und ich? Ich Idiot hatte mich umgedreht und mein blödes Buch weitergelesen, das heißt, ich hatte es versucht, aber das bisschen, was ich gesehen HATTE, war wie mit Laser in meine

Netzhaut eingebrannt. Die sanft schaukelnde Bewegung der Brüste, wie sie nach unten zeigten, wenn die Mädchen sich beugten, das elastische Wippen der Hintern! Nach einiger Zeit drehte ich mich wieder um, aber sie waren ins Wasser gegangen, ich packte zusammen und fuhr heim. Idiot!

Jetzt war mir halbwegs bewusst, dass es ein Traum war, aber ich konnte immer noch nicht hinsehen – eine Analyse würde wohl zeigen, dass ich automatisch Bestrafung erwarte, wenn ich eine nackte Frau anschaue.

„Guckt mal, er wird ja richtig rot!"
„Na, der Arme ist überfordert. Guckt euch doch mal an! Hm, setzt er sich halt in den Pavillon! Vielleicht kann er mit uns mehr anfangen, wenn wir nicht so in der Überzahl sind."
Ich wollte protestieren, wie negativ das klang, ich war wohl ein Versager, aber zwei führten mich sanft und mit viel Körperkontakt zu einer Art Hütte, 15 Meter weiter gelegen. Blumen ringsum, Hängematte drinnen. Irgendwoher zauberten sie noch einen kalten Gin-Fizz und dann war ich plötzlich mit einer

allein, die mich mit ihren Brüsten streichelte und sich dabei langsam von den Füßen zur Körpermitte vorarbeitete. Jetzt war ich doch nackt und sie nahm meinen Ständer zwischen ihre Brüste und massierte mich eine Weile, bis die Brünette hereinkam und mich auf den Mund küsste. Ich befummelte ihren herrlichen butterweichen Busen, die andere ging und die nette Brünette machte weiter. Im Grunde wünschte ich mir Oralverkehr mit ihr, aber konnte ich das so einfach verlangen? Na ja, sie waren mir ja sowieso ganz hemmungslos zu Gefallen!

Als die Ältere mit einem verschwörerischen Lächeln übernahm, wagte ich es: „Sag mal, könntest du es mir mit dem Mund machen?" Sie konnte. Ihr Mund war warm und nass und zärtlich und ihre Zunge so geschickt. Und als Marlen, die kleine stille Marlen, an der Reihe war, beugte auch sie ganz selbstverständlich den Kopf, um mich aufzunehmen und ich rief: „Warte", denn in dem Moment war mir etwas klargeworden. „Ich bin in dich verliebt, schon ewig! Echt! Ich hatte nur nicht den Mut es zu sagen!"

Ein stilles tiefes Lächeln verzauberte ihr Gesicht und wir küssten uns sanft – und dann immer leidenschaftlicher. Dazu gehörte auch, dass sie auf mich drauf kletterte und wir uns liebten, was merkwürdigerweise trotz Hängematte völlig problemlos vonstattenging. Plötzlich wusste ich: Marlen war die nette Nachbarin, jemand, an den ich immer wieder denken muss. Wir hatten jede Menge Federball miteinander gespielt und plötzlich war sie erwachsen und heiratete. Nach Holland! Ich sah sie nie wieder. Und es war schon unheimlich befriedigend, sie nun, viel später in Besitz genommen zu haben, ihre Brüste anfassen zu können oder nach dem Kitzler zu tasten. Wie sie die Augen schloss, wenn ich richtig tief in sie eindrang, oder den Kopf zurückwarf, wenn ich vorsichtig an den Brustwarzen zog!

Schließlich kam ich und sie Sekunden später. Es war magisch, einmalig, traumhaft! Naja gut, es war ja auch ein Traum, aus dem ich langsam – recht zufrieden – aufwachte. In Wirklichkeit hatte ich keinen Orgasmus, wie ich hinterher feststellte, aber es war der einzige vollkommene Traumorgasmus, den ich bisher erlebt habe.

13

Karl (51) – Metamorphose

Ich war mit Elli zusammen und wie immer tat es mir nicht so wirklich gut. Man musste bei ihr betteln, dass man sie anfassen durfte und wenn sie in Stimmung war, gings ins Bett, was es dann auch brachte, aber genauso oft zupfte sie sich die Kleider wieder zurecht und behauptete, sie wolle noch in den Garten oder sie müsse am PC noch was machen.

In der Realität hatte ich schon lange mit ihr nichts mehr zu tun, aber mein Traum-Ich schien es für eine gute Idee zu halten, es mal wieder mit ihr zu probieren. Prompt jedoch machte sie Faxen, redete Blödsinn, und sah mich seltsam an.

Schließlich runzelte sie die Stirn und deutete auf meinen Hals: „Du siehst sowieso so komisch aus und da ist so eine Art Falte, die war doch eben noch nicht da!"

Es war bestimmt wieder nur ihr Elli-Blödsinn, aber ich fasste an den Hals und erschrak, da war wirklich eine tiefe Falte, die da nicht hingehörte.

Ich zeigte mich cool vor Elli, fuhr mit dem Finger hinein und … stellte fest, dass sich die obere Haut- und Fettschicht ablöste! Es tat nicht weh und es schien völlig normal, weiter hineinzufassen und mehr davon weg- und runterzuziehen wie bei einem Neoprenanzug.

Elli sah mit weit aufgerissenen Augen zu und ich vollführte den absurdesten Strip, den man sich nur vorstellen kann. Ich hatte damit angefangen, es gab kein Zurück mehr!

Was darunter zum Vorschein kam, war glatte weiche Haut und ein Körper ohne die Bodybuilding-Muskeln von früher und angelagerten Biere der letzten Zeit.

Ich zog einen Arm aus dem „Anzug" und fand, was ich sah, ganz passabel – vielleicht ein wenig dünn. Dann den anderen und ich streifte das ganze Ding schnell runter. Nur gab es in der Körpermitte eine Hemmung, da wollte es nicht so recht weitergehen.

Ich zog heftiger und … der Penis ging mit ab. Ich bekam Panik, DAS konnte doch nicht sein! Alles, aber das nicht.

Seltsamerweise tat es gar nicht weh, was mich schon etwas beruhigte und dazu kam Ellis positive Reaktion, sie nickte beifällig!

Ich sah an mir runter: Ich war eine Frau. Ich hatte jetzt zwischen den Beinen das unbehaarte gespaltene Geschlecht einer Frau!

Mit einer Mischung aus Unglauben und Entsetzen sah ich Elli an und sagte: „Das kann doch nicht sein! Kann man das rückgängig machen?"
„Wozu?", fragte Elli. „Du siehst doch klasse aus! Auch der Busen ist töfte!"
Jetzt erst sah ich, dass ich Brüste hatte, 10 Zentimeter große Halbkugeln, die vorne an mir rumwackelten.
„Aber das geht doch nicht …", protestierte ich schwach.

„Geht nicht, geht nicht", äffte sie mich nach, „ich muss immer so rumlaufen und für dich ist es nicht gut genug – wenigstens das Wichsen wird dir nun leichter fallen und du kannst das fast überall unbemerkt machen, da wird kein Schwanz auffällig steif."

Ich war den Tränen nahe, da wurde sie richtig ungehalten: „Na, probiers doch mal! Fass dir zwischen die Beine. Ich weiß ja, dass dus kannst. Einigermaßen soll das heißen, einigermaßen."

„Du bist gemein!" Aber ich folgte ihrem Vorschlag und betastete mich vorsichtig, fand sofort den Scheideneingang und holte etwas Feuchtigkeit und führte den Finger über die Klitoris, was mir ein kribbeliges, warm strömendes Druckgefühl im Schoß vermittelte.

„Oh!"

„Ja, oh, oh!", äffte sie mich schon wieder nach. „Das ist doch nichts Besonderes!"

Ich wurde wütend. „Für mich schon! Und ich finde, wir könnten da weitermachen, wo wir eben aufgehört haben. Du könntest mich lecken!"

„Ich bin doch nicht lesbisch! Ich machs nicht mit Weibern!"

„Du vergisst, dass ich eigentlich ein Mann bin!" Das war jetzt nicht unbedingt logisch, aber ich stürzte mich auf sie, zwang sie in die Knie und drückte ihren Mund an meine Scham. Sie wollte nicht. Ich gab ihr eine Ohrfeige und nun gings.

Ellis Mund war heiß dort unten und der Kitzler empfindlich. Schön, aber für einen Orgasmus würde es nicht reichen.

Ich spreizte die Beine etwas weiter und befahl ihr, mir einen Finger in die Scheide zu stecken. Sie gehorchte und ich fühlte, wie sie langsam eindrang und Druck auf meine inneren Organe ausübte und wie die Scheide anfing zu zucken und sich zusammenzukrampfen. Im Grunde war es wie beim Schwanz, der wippt, wenn der Beckenboden kontrahiert wird.

Der Orgasmus war eine heiße Welle mit ein paar Nachzüglern und erst dann ließ ich sie los und half ihr aufstehen.

„Das nächste Mal pinkle ich dir noch in den Mund!", sagte ich und sie schlug mir ins Gesicht, wovon ich wach wurde.

Und glaubt es oder nicht. Nach ein paar Sekunden konnte ich nicht anders: Ich musste mir an den Halsansatz fassen und nachfühlen, ob da nicht eine tiefe Falte war ...